Das Konzil der Tiere

Für Kalman Tarr

Jeder Weg beginnt mit einem ersten Schritt.

Peter Spangenberg

DAS KONZIL DER TIERE

Eschbacher LebensArt

Peter Spangenberg, geboren am 3.11.1934 in Unseburg/Magdeburger Börde, ist ein bekannter Erzähler von Weisheitsgeschichten. Nach dem Studium der Theologie war er als Pastor in verschiedenen Gemeinden tätig. Schwerpunkte waren Jugendarbeit, Ökumene, neue Gottesdienstformen, Seelsorge und Vikarausbildung. Daneben engagierte er sich auch in den Bereichen Rundfunk und Fernsehen, Theater und Musik. Er ist Dozent für Ev. Theologie an der Universität Flensburg. Außerdem ist er Schriftsteller, u. a. von Märchen, Fabeln, Kurzgeschichten, Meditationen, Gebeten, Chorälen. Die Übertragung biblischer Texte in eine – auch für Kinder – verständliche Sprache ist ihm ein großes Anliegen. Er ist verheiratet, Vater dreier Kinder und Großvater von acht Enkeln. Er ist ehrenamtlicher Ombudsmann für Kinder in Südtondern. www.p-spangenberg.de

Lieferbarer Titel im Verlag am Eschbach:
Ihr von Morgen. *Großvater und die sieben Träume* (Buch 772).

Das Umschlagbild »Zaunkönig«, der auch im Inhalt auftaucht, ist von Barbara Trapp. Sie ist 1950 in Leipzig geboren. Nach einem Studium an der Hochschule für Kunst und Design »Burg Giebichenstein« in Halle/Saale war sie wissenschaftliche Mitarbeiterin im Modeinstitut der DDR in Berlin (Bereich Modeforschung). Später war sie zunächst Lehrbeauftragte, anschließend wissenschaftlich-künstlerische Mitarbeiterin an der Hochschule der Künste Berlin (Fachbereich Design). Seit 1987 ist sie freiberuflich tätig. Sie wohnt und arbeitet in Bad Krozingen. www.bt-kunst.de

Bibliographische Information der Deutschen Nationalbibliothek:
Die Deutsche Nationalbibliothek verzeichnet diese Publikation in der Deutschen Nationalbibliographie; detaillierte Daten sind im Internet über http://dnb.d-nb.de abrufbar.

ISBN 978-3-88671-945-7
© 2009 Verlag am Eschbach der Schwabenverlag AG
Im Alten Rathaus/Hauptstr. 37
D-79427 Eschbach/Markgräflerland
Alle Rechte vorbehalten.
www.verlag-am-eschbach.de
Gestaltung: Finken & Bumiller, Stuttgart
Herstellung: Freiburger Graphische Betriebe, fgb

INHALT

EINFÜHRENDE GEDANKEN 7

KÖNIGSKINDER 9

UNTER DEM REGENBOGEN 12

KRIEG UND FRIEDEN 15

DER FUCHS 19

DUMMER ESEL 22

DAS KIND 25

DIE SPINNE 28

DER NEUE KÖNIG 31

DER BIBER 34

DER ADLER 37

DER ENGEL UND DAS KIND 40

DER RABE 43

DER LUCHS 46

DER STORCH 49

DER MAULWURF 52

DIE SCHILDKRÖTE 55

DAS FEST 59

DIE MAUS 62

DER IGEL 66

DIE BLINDSCHLEICHE 69

DIE EICHE 72

DER KLEINE KÖNIG. 76

DER FISCH 79

DAS EICHHÖRNCHEN 82

DER LOCHSTEIN 85

DER MARIENKÄFER 89

DIE SCHNECKE. 92

DER REIHER. 95

HIMMLISCHER ZAUBER. 99

DER TRAUM DER ERDE 102

DIE EULE. 106

DER HASE. 110

DER TRAUM DES PROPHETEN. 114

DIE SUCHE 117

DER KLEINE KÖNIG. 121

PERSÖNLICHE WORTE 127

EINFÜHRENDE GEDANKEN

In Fabeln zu denken und in Fabeln zu schreiben, gehört zur Geschichte der Menschheit in allen Erdteilen. Dahinter stehen Sehnsüchte und Hoffnungen, Enttäuschungen und Ängste. Einsichten werden gefunden, Antworten werden entdeckt. Erzählstoff wird zur spannenden Geschichte, Kleinigkeiten entwickeln sich zum Großformat. Pointen entstehen und verwandeln sich zu Lehren, Bilder werden zu Texten, Texte zu Bildern, und alles ist getragen von Humor, Vielsinnigkeit, Verschmitztheit, Heiterkeit bei allem Ernst, Tränen können fließen, die sich in Lachen verwandeln. Die Fabel kann auch Ohrfeigen verteilen, die nicht wehtun, sie kann entlarven, ohne zu verletzen, sie kann verklagen, ohne zu verurteilen, sie kann schmeicheln und kratzen, sie kann trösten und provozieren. Die Fabel lässt sich erzählen, lesen, spielen, singen, tanzen, malen und erleben; denn die Fabel ist die Miniaturbühne für die Darstellung der menschlichen Ungereimtheiten, Fehler, Gewohnheiten, Versager und Träume. Darsteller sind zumeist Tiere, an denen wir Ähnlichkeiten zum Menschen feststellen, die verfremdet in Tiergestalt auf den Menschen zurückweisen, um das schlafende Gute zu wecken gegen das hellwache Böse. In vielen Fabeln übernehmen diese Rolle auch Gegenstände oder Steine oder Pflanzen oder Melodien, Erinnerungstücke oder auch Möbel, Puppen oder Gestirne. Damit »mogelt« sich die Fabel in die große Literatur zwischen Roman und Drama, Kurzgeschichte und Ballade.

Meine Fabel vom Konzil der Tiere ist ein geträumter Erzählversuch über die Annäherung des menschlichen Menschen an den Sinn von Leben und Welt.

Der Kleinste, der Zaunkönig, spielt die Hauptrolle und gibt die entscheidenden Impulse für die längst fällige Begeisterung der Tiere (Menschen) zur Bewahrung der Schöpfung und die Gestaltung des Friedens von innen nach außen.

Hierbei vertritt ein Kind die gesamte Menschheit und gliedert sich ein in die Vernetzung des Lebens. Kinder sind gewiss die Lieblingsmenschen des lächelnden Schöpfers. Kinder sind der Anfang jeder neuen Zeit.

Peter Spangenberg

KÖNIGSKINDER

Er hatte fleißig am Nest gebaut,
der kleine Vogel,
den sie Zaunkönig nannten.
Kunstvoll geflochten hatte er
die Zweige und das Moos.
Feucht musste alles sein,
damit es später,
wenn es trocken war,
umso besser hielt.
Mehrere Nester hatte er begonnen,
denn so war es Sitte bei Zaunkönigs:
die Dame seines Herzens
musste dann entscheiden,
welches Schlösschen sie beziehen wollte.
Nun sang er sich fast die Kehle aus dem Hals,
wundervolle Melodien, sieben Strophen.
Die Liebste entschied: Hier will ich wohnen.
Da baute der kleine König das Nest zu Ende.
Sie feierten Hochzeit.
Fünf Eier legte sie ins Nest.
Nach drei Wochen waren die Kleinen auf der Welt,
nackt und blind.
Jetzt begann die Zeit der emsigen Futtersuche:
Tausend Flüge am Tag.
Die Kleinen wuchsen und gediehen.

Elstern und Katzen hatten keine Chance,
an das Nest heran zu kommen.
Der schmale seitliche Eingang war ein Schutz.
Obendrein bot die stachelige Hecke
zusätzliche Sicherheit.
Dann war es so weit: die Jungen waren flügge.
Geschickt und behende flogen sie aus dem Nest
und saßen alsbald an der Mauer und auf den Zweigen.
Das alte Pferd auf der Weide nebenan sah ihnen zu.
»Es ist ja zum Wiehern, wie ihr Zwerge euch bewegt.
Ihr hättet mal meine Fohlen sehen sollen.«
»Na, und?« piepte der älteste Zwerg.
»Dafür sind wir aber Königskinder!«

Moral: Klein, aber oho.

UNTER DEM
REGENBOGEN

Als anderntags der große Regenbogen
über dem Land stand
und seine Farben glühen ließ,
dass es nur so eine Pracht war,
hatte der kleine König eine Idee:
Hof wollte er halten
und mit den Tieren darüber reden,
wie Frieden zu machen wäre:
Frieden zwischen den Tieren und mit den Menschen.
Er war es leid, dass die Katzen den Vögeln nachstellten,
dass Elstern Nester ausraubten,
dass Füchse den Hasen Angst machten.
So berief der Kleinste der Kleinen,
selber nur zehn Gramm leicht,
die Tiere seines Reviers zu einem Konzil.
Bis auf den Siebenschläfer kamen alle –
denn der schlief noch.
Und der Regenbogen glühte immer noch,
Zeichen des Friedens.
»Freunde«, begann der kleine König,
»Freunde, die Zeit ist gekommen,
dass wir uns entscheiden müssen:
Frieden oder Krieg?
Wir alle haben Angst.
Wer das nicht zugibt, lügt.

Wir alle wollen leben.
Ich habe einen Traum:
Lasst uns Frieden züchten!
Das ist nicht einfach,
aber es ist möglich.
Ich frage euch:
Welche Möglichkeiten seht ihr?«
Da entstand ein großes Schweigen.
Aber das Schweigen ist immer
die Geburtstunde der Erkenntnis.
Der kleine König war nicht enttäuscht.
Er erlebte die Stunde der Hoffnung.

Moral: Gute Gedanken brauchen Zeit.

KRIEG UND FRIEDEN

»Mein Problem sind die Menschen«,
rief die Eintagsfliege
in die Versammlung der Tiere.
»Warum?« fragte der kleine Zaunkönig.
»Jeder Mensch lebt viel länger als ich.
Ich habe nur vierundzwanzig Stunden Zeit.
Da muss ich zusehen,
dass ich viel vom Leben erlebe.«
»Das ist richtig«, sagte der kleine König.
»Aber wieso ist das für dich ein Problem?«
»Ich sehe, wie die Menschen
sich das Leben schwer machen,
ich höre,
wie sie schimpfen,
ich sehe,
wie sie töten,
ich höre,
wie sie jammern,
ich sehe,
wie sie unsere schöne Welt kaputt machen,
ich höre,
wie sie fluchen und lügen.«
»Das ist auch richtig!«
sagte der kleine König abermals.
»Aber wieso ist das für dich ein Problem?«

»Wenn die Menschen so weiter machen«,
fuhr die kleine fort,
»zerstören sie alles,
auch unser Leben,
einfach alles.«
»Ich habe da eine Idee«,
quakte der Laubfrosch.
»Wir müssten den Menschen sagen,
dass es darauf ankommt,
andern nicht den Krieg zu erklären,
sondern den Frieden.«
»Das ist gut. Das ist außerordentlich gut!«
freute sich der kleine König.
»Aber wie könnte das gehen?«
»Darüber müssten wir
mit dem Schöpfer sprechen«,
warf die weise Eule ein.
»Doch zuvor müssten wir alle
unsere Träume sammeln.«
»Was willst du mit unseren Träumen?«
fragte der kleine König.
»Ich will sie unserem Schöpfer
zum Geschenk machen,
damit er in seiner Weisheit
uns helfen kann.«

»Wo viele kleine Leute
an vielen kleinen Orten
viele kleine Schritte tun,
können sie das Antlitz der Erde
verändern.« (Afrika)

Jeder Traum ist ein Schritt.

DER FUCHS

Der Fuchs brachte seinen Traum zur Eule.
»Na, mein Roter, was bringst du mir?«
»Ich habe immer Appetit
auf Hasen und Rebhühner,
wenn's knapp wird, auch auf Mäuse.
Ich bin Jäger.
Das steckt mir im Blut
und so ist es bei uns Tradition.
So habe ich es bei meinen Eltern
und Großeltern gelernt.«
»Wovon träumst du?«
fragte der weise Vogel.
»Ich habe einen doppelten Traum:
Einerseits
träume ich von fetten Hasen und Rebhühnern,
die mir vor das Maul laufen;
andererseits
träume ich von Himbeeren und Pilzen,
die mir schmecken könnten
und mich satt machen.«
»Ich werde deinen Traum dem Schöpfer vortragen«,
sagte die Eule leise.
»Ich mache dir auch keinen Vorwurf,
Hunger ist Hunger und gelernt ist gelernt.
Das weiß jeder.

Aber dir steht ein schwerer Kampf bevor:
Der Kampf, etwas verlernen zu wollen.
Verstehst du das?«
»Nein, das verstehe ich nicht«,
meinte der Fuchs trocken.

»Macht nichts«, sagte die Eule gütig.
»Die chinesischen Füchse sagen:
Jeder Weg beginnt mit einem
ersten Schritt.«

DUMMER ESEL

Der Esel brachte seinen Traum zur Eule.

»Na, mein Grauer, was bringst du mir?«

»Ich träume davon,

dass ich nicht mehr geschlagen werde.

Ich träume davon,

dass ich eine bessere Stimme bekomme.

Ich träume davon,

dass ich nicht so schwere Lasten tragen muss.

Ich träume davon,

dass die Menschen

mich nicht für dumm halten.«

»Das ist eine ganze Menge«,

meinte die Eule in Langmut.

»Aber ich gebe zu bedenken,

dass du ungerecht bist.

Du hast selber Schuld.

Du leistest keinen Widerstand.«

»O doch,« widersprach der Esel.

»Ich bin bockig.«

»Das reicht nicht.

Im Gegenteil.

Es ist falsch.

Eine Vorfahrin von dir, sie hieß Bileam,

widersetzte sich ihrem Herren,

obwohl er sie schlug;

denn sie hatte den Engel gesehen,
den er nicht wahrnahm.
Und ein anderer Esel
trug Maria mit ihrem Kind
am grausamen König Herodes vorbei
bis nach Bethlehem
und bald darauf noch bis Ägypten.
Aber ich will deine Träume dem Schöpfer vortragen.
Versprochen.«

Man wäre wohl ein Esel,
wenn man kein Esel sein wollte.

DAS KIND

Keines der Tiere hatte es gesehen;
denn das Kind war sehr leise gekommen.
Es hatte alles gehört,
was bislang gesprochen wurde.
Hedda hieß sie.
Sie wunderte sich auch überhaupt nicht,
dass sie die Sprache der Tiere verstand.
Ihr Großvater hatte ihr einmal gesagt:
Kinder mit einer offenen Seele
verstehen die Sprache der Tiere.
Das hatte sie ihm geglaubt,
und jetzt stellte sie fest,
dass es stimmte.
Großvater hatte damals hinzugefügt:
»Eine offene Seele hat der, der liebt.
Wer in den Pflanzen und Tieren
seine Geschwister erkennt,
der liebt.«

»Ich weiß, wer du bist«,
schnarrte die Eule sanft zum Kind,
»denn ich habe damals gehört,
was dein Großvater gesagt hat.
Er hat es dir so gesagt,
weil er mich vorher um Rat fragte.

Doch nun sag mir deinen Traum,
damit ich ihn mit zum Schöpfer nehmen kann.«
»Ich träume vom Frieden in der Welt«,
erwiderte das Kind.
»Das ist gut«, meinte die Eule lächelnd,
»das ist sehr gut, aber sag mir,
welchen Frieden du meinst?«
»Gibt es denn mehrere Frieden?«
fragte Hedda dagegen.
»Aber: was kann ich tun,
damit aus meinem Traum
auch Wirklichkeit wird?«

Die Eule überlegte eine kleine Weile,
wie Eulen es stets gerne tun.
Denn die Weisheit ist kein Automat.

»Ich vertraue dir jetzt eine wichtige Antwort
aus der Vergangenheit an«,
flüsterte die Eule:
»Lege *ein* Ohr an die Erde,
dann ist das andere offen für den Himmel!«
Der kleine König hatte die Antwort gehört.
Da sang er sein schönstes Lied.

DIE SPINNE

Als der kleine Vogel sein Lied gesungen hatte,
meldete sich die Spinne zu Wort:
»Ich glaube, es ist an der Zeit,
dass wir uns einen König wählen.«
Die Bienen summten Beifall:
»Bei uns ist das längst so.«
Auch die Ameisen stimmten zu:
»Bei uns ist das längst so.«
Ebenso spendeten die Hornissen Beifall:
»Bei uns ist das längst so.«
»Wen schlägst du vor?« fragte die Eule.
»Ich schlage den Zaunkönig vor!«
antwortete die Spinne.
»Aber dein Traum, Spinne,
was ist dein Traum?«
»Früher machte man den Löwen zum König,
weil er stark und mächtig war.
Die Menschen halten es ebenso:
Wer reich und mächtig ist, hat das Sagen.«
»Dein Traum, Spinne,
was ist dein Traum?«
beharrte die Eule.
»Ich träume davon«, meinte die Spinne,
»ich träume davon,
dass der Kleine Macht haben soll,

der Kluge und Ehrliche,
der Bescheidene und Sanfte,
einer, der Lieder kennt und Geschichten,
einer, der kuschelige Nester baut
und für seine Kinder sorgt,
einer, der den Schöpfer liebt
und das Leben achtet,
einer, der sorgsam ist und behutsam.
Und: Ich träume davon,
dass wir ein Netz spannen.
Denn im Netzspannen bin ich geschickt.
Es soll aber kein Netz sein, das Opfer fängt,
wie ich es gelernt habe,
sondern ein Netz, das uns alle trägt.«
»Ich werde das dem Schöpfer vortragen«,
und die Eule schlug mit den Flügeln.

Netze müsste man spannen
und Vernetzungen erwirken.

DER NEUE KÖNIG

So erhob die Eule den Vorschlag der Spinne
zum Tagesordnungspunkt Nummer Eins:
Wahl des neuen Königs.
Einziger Kandidat: der Zaunkönig.
»Komm her, mein Kleiner, und sag uns,
was du als Regierungschef planst?«

Der kleine König wippte mit den Beinen,
stellte seinen Schwanz in den Himmel,
sah sich mit seinen runden Augen
im Kreis der Tiere um
und begann zögernd:
»Wenn ich im Reich der Tiere regieren soll,
dann erwarte ich Offenheit, Redlichkeit,
Ehrfurcht, gegenseitige Hilfe,
Liebenswürdigkeit und Demut.
Das sind alte Worte,
aber in ihnen schlummern ganz neue Werte.
Ich möchte,
dass die Kleinen gewürdigt werden,
dass die Kleinen Macht bekommen,
dass die Kleinen groß werden,
dass die Kleinen Gewicht haben.
Versteht ihr:
Ich möchte die Welt auf die Füße stellen.

Ich möchte, dass die kranken Tiere Hilfe finden.
Ich möchte, dass das Leben geschützt wird.
Und ich möchte, dass die Menschen uns verstehen
und mit uns gemeinsame Sache machen.«

»Das ist gut!« schnarrte die Eule wieder,
»das ist sehr gut!«

Und die Tiere wählten den kleinen Vogel zum König.
Wie sollte es auch anders sein?!

In der Kleinheit liegt die Größe,
in der Demut liegt die Macht.

DER BIBER

Nun trat der Biber in den Kreis der Tiere.

Ein wenig schämte er sich;

denn sein Fell troff vor Nässe.

Andererseits war er ein wenig stolz,

war er doch der Einzige,

der in einer eigenen Burg lebte.

Er war so etwas wie ein Ritter.

Er wusste auch nicht,

ob er den kleinen König ernst nehmen sollte?

Immerhin aber war er der Zaunkönig.

Der Biber bemerkte erst jetzt,

dass neben dem Zaunkönig die Zaunkönigin saß.

und etwas weiter auf dem Ast

hockten die fünf Prinzen.

Aber sie hockten majestätisch.

»Meine Königin«,

begann der Biber bescheiden,

und die Anrede verwunderte die Tiere.

»Meine Königin, ich träume davon,

dass die Menschen wieder mit mir leben wollen.

Man hatte uns fast ausgerottet.

Schädlinge seien wir, hatten sie gesagt.

Dabei haben wir immer dafür gesorgt,

dass die Wasserversorgung in Ordnung blieb,

dass Käfer und Frösche,

Lurche und Echsen,

Mücken und Libellen

einen Raum zum Leben hatten.«

Nach diesen Worten verbeugte er sich ritterlich

und die Zaunkönigin winkte huldvoll zur Eule.

Die sagte nun:

»Gut gesprochen, Biber,

ich werde auch deinen Traum

dem Schöpfer vortragen.

Aber bitte, hab Geduld.

Die Verbrechen der Vergangenheit

lassen sich nicht

von heute auf morgen

aus der Welt schaffen.

Man muss der Zeit Zeit lassen.

Das habe ich irgendwo gehört.«

DER ADLER

Der Adler segelte heran,
als die Tiere über den Frieden sprachen
und auch darüber,
was sich bei ihnen selbst ändern müsste.
Als er auf dem Moosboden landete,
bekamen die Mäuse schreckliche Angst,
und auch der Hase duckte sich zur Vorsicht.
»Keine Angst«, rief der Adler,
»man nennt mich zwar den König der Lüfte,
mehr aber auch nicht.
Jetzt haben wir die wirkliche Majestät,
den Zaunkönig.
Und ich will ihm gern huldigen.
Ich stimme euch zu:
Wir müssen Widerstand leisten.
Gewiss,
ich habe wahrscheinlich den größten Überblick,
weil mich meine Schwingen hoch über die Welt tragen.
Aber ich sehe auch das große Unrecht:
Die verbrannten Wälder,
die vergifteten Gewässer,
die hungrigen Tiere,
die ausgedorrten Seen,
die abgeholzten Berge,
die asphaltierten Täler.

Ich brauche eure Hilfe.
Wir müssen zusammen stehen.
Wir müssen uns gegenseitig helfen.«

»Adler, das hast du gut gesagt«,
flüsterte die Eule.
»Deswegen sind wir ja auch hier
und haben uns einen König gewählt,
einen, der weiß, worum es geht,
weil er so klein ist.
Nur die Kleinen wissen wirklich,
worum es im Leben geht.
Adler, auch deinen Traum
werde ich dem Schöpfer vortragen.
Bis dahin aber sage ich dir eine Weisheit,
die ich von meiner kanadischen Freundin habe:
»Nur starre Äste brechen im Sturm.«
Denk drüber nach.

DER ENGEL UND DAS KIND

Die Friedenskonferenz der Tiere
unter dem Regenbogen
hatte das Kind ermüdet.
Hedda schlief ein.

Für alle unsichtbar huschte ein Engel herbei.
Er war wie ein Hauch,
wie ein strahlendes Licht,
wie ein zärtlicher Kuss,
wie eine behütende Hand,
wie ein werbendes Flüstern:
eben ein Engel.
Und Engel –
das ist der heilige Augenblick,
wo ein Menschenkind begreift,
was Gott von ihm will.
Engel lassen sich nicht beschreiben,
Engel lassen sich nur erleben.
Ein Engel ist die Tarnkappe Gottes.
Unbemerkt von den Tieren
legte dieser Engel einen Traum und eine Weisheit
neben den Kopf des Kindes.

»Du hast geschlafen«,
wandte sich der kleine König an Hedda.

»Hast du auch geträumt?«
wollte die Eule wissen.

»Majestät«, antwortete das Kind.
»Ich hatte einen Engel zu Besuch.
Das war wunderbar.
Er hat mein Ohr berührt,
und ich hörte meinen Traum vom Frieden:
Jeder soll leben nach seiner Bestimmung.
Und, verehrte Eule,« ergänzte Hedda,
»ich hörte noch eine Weisheit,
die ich nicht verstehe:
Du warst schon als Möglichkeit da,
bis du zur Wirklichkeit wurdest.«
»Das ist schwer«, bestätigte die Eule.
»So schwer ist es gar nicht«,
widersprach die Zaunkönigin,
»ich bin eine Mutter, und wer Kinder hat,
versteht den Satz des Engels.«

Da staunten die Tiere,
und Staunen ist bekanntermaßen
der Anfang des Glaubens.

DER RABE

Er hatte lange gewartet,
aber jetzt meldete er sich zu Wort:
Der Rabe.
Wie üblich trug er seinen schwarzen Talar,
weswegen ihn die Tiere heimlich
den »Prediger« nannten.
Oft sprach er reichlich geschwollen,
na, eben so, wie viele Prediger es gern tun.
Er warf sich auch gern so richtig in Position,
um seinen Worten
das entsprechende Gewicht zu verleihen.
Und dennoch.
Die Tiere mochten ihn,
weil er gern an alte Geschichten erinnerte,
die nicht nur spannend waren,
sondern auch Bedeutung
für heute und morgen hatten.
»Freunde«,
begann er mit feierlicher Stimme,
»Freunde,
vor vielen vielen Jahren machten sich
drei Könige auf einen langen Weg.
Zu Hause hatten sie Macht und Reichtum,
was ich unserem Zaunkönig überhaupt nicht wünsche.
Aber diese drei Könige suchten den König der Welt.

Sie gerieten mithilfe eines großen Sterns
zum kleinen Dorf Bethlehem,
und dort fanden sie den neugeborenen König:
ein winzig kleines Kind,
das in Windeln gewickelt war.
Woher ich das weiß? Ganz einfach:
Ein Ochse und ein Esel waren auch dabei.
Die haben es unter den Tieren weiter erzählt.
»Ja, ich erinnere mich!« warf da der Esel ein.
»Genauso war es. Das weiß ich von meiner Mutter.«
»Seht ihr, « frohlockte der Rabe, » das ist es:
ein kleines Kind
wurde als König der ganzen Welt geboren.«
»Und was hat er der Welt gebracht?«
wollte der Biber wissen.
»Die Liebe«, antwortete der Rabe, »und die Freiheit.
Viele Menschen richten sich danach.
»Und was geht das uns an?«
rief die Elster dazwischen.
»Mit dem kleinen König
wurde die Hoffnung geboren«,
antwortete der Rabe.
Da sang die Nachtigall ein Lied,
so schön und so innig,
dass alle Tiere vor Glück verstummten.

DER LUCHS

»Darf ich sprechen, meine Königin?«
fragte der Luchs bescheiden.

»Natürlich darfst du, guter Luchs«,
antwortete die Zaunkönigin.

»Von uns gibt es nur noch wenige, sehr wenige.
Man hat uns gejagt, verfolgt, getötet,
verachtet, bedroht, vergiftet.
Man hat unsere Felle verkauft und uns gehasst.
Ich gebe zu, wir haben manchen Fehler gemacht:
Wir haben Wild gerissen, nicht nur Aas gefressen,
aber wir haben immer nur das getan,
was wir konnten und gelernt hatten,
über viele Generationen hinweg.
Wie kommt der Mensch dazu,
uns die Wälder zu verbieten?
Wie kommt der Mensch dazu,
uns zu verfolgen.
Wie kommt der Mensch dazu,
uns für böse zu halten?
Ich bin inzwischen alt geworden.
Meine Tage sind gezählt.
Aber ich habe Kinder und Enkel, wenige nur.
Aber was ist ihre Zukunft?«

»Ich verstehe dich nur zu gut«,
sagte die Zaunkönigin.

Und zur Eule gewandt:
»Was meinst du zur Klage vom Luchs?«
»Er hat Recht«, erwiderte die Weise.
»Wenn die Menschen nicht begreifen,
dass wir Geschwister sind,
werden nicht nur die Luchse sterben,
sondern die Menschen auch.
Wovon träumst du, Luchs?«
»Ich träume von Versöhnung.
Ich träume davon,
dass unsere gute Mutter Erde
Heimat für alle bleibt,
nicht nur für die Baggerfahrer und die Banken,
nicht nur für die Rennfahrer und Giftspritzer,
sondern für alle Lebewesen,
wie sie der Schöpfer erschaffen hat.«

»Ich werde deinen Traum auch vortragen«,
sagte die Eule seufzend,
denn inzwischen waren es derer viele.

Aber wo Träume geträumt werden,
ist das Leben nicht weit.

DER STORCH

»Ich komme gerade aus Afrika«,
sagte der Storch außer Atem.
»Ich finde keine Worte,
um euch zu berichten,
was ich da gesehen habe.«
Die Tiere wurden neugierig.
»Afrika ist ein wunderbarer großer Erdteil,
das sage ich euch.
Aber auf diesem großen wunderbaren Erdteil
gibt es unvorstellbare Not:
Nicht nur unter den Tieren,
sondern auch unter den Menschen.
Alle sechs Sekunden stirbt dort ein Kind
an Hunger oder Krankheit.
Wilderer töten Elefanten und Nashörner.
Schreckliche Menschen quälen ihre Völker.
Seen und Flüsse trocknen aus.
Die Zebramangusten haben kaum noch Lebensraum.
Die Webervögel bangen um ihre Nester.
Wenn wir in unsere europäischen Brutgebiete kommen,
gibt es kaum Nahrung.
Was ist zu tun?«
»Was ist dein Traum?«, fragte die Eule.
»Ich träume davon,
dass alle Lebewesen zusammen halten.

Ich weiß, dass wir fressen und gefressen werden.
Aber das ist ein Naturgesetz.
Aber kein Naturgesetz ist,
dass die Tropenwälder abgeholzt werden.
Und kein Naturgesetz ist,
dass Kriege geführt werden.
Mein Traum ist,
dass die Menschen sich besinnen.
Sie sind doch nichts anderes
als die obersten Tiere.
Da haben sie doch
eine besondere Verantwortung!
Oder?«

»Du hast Recht, Storch«, schnarrte die Eule.
»Auch deinen Traum
werde ich dem Schöpfer vortragen.
Das verspreche ich dir.«

Wo ein Wille ist,
ist auch ein Weg.
Sagt man.
– Aber stimmt das?

DER MAULWURF

Als der Storch gesprochen hatte,
meldete sich der Maulwurf zu Wort:
»Entschuldigt bitte,
dass ich noch schmutzige Fingernägel habe,
aber ich komme gerade von meiner Arbeit.
Ihr wisst, dass ich im Dunkeln lebe.
Ich sehe auch fast nichts.
Aber ich habe euch gehört.
Manche halten mich für subversiv,
weil ich untertage arbeite.
Doch wühle ich nicht gegen irgendwas
oder irgendjemanden.
Es ist mein Schicksal,
in der Dunkelheit zu leben.«
»Das wissen wir«, warf der kleine König ein.
»Meine Vorfahren wurden früher
wegen ihres Fellkleides gefangen.
Heute werden wir aus den Gärten
und von den Feldern vertrieben.
Dabei sorgen wir nur dafür,
dass der Erdboden Luft bekommt
und fruchtbar bleibt,
damit die Pflanzen wachsen können.
Darin kann ich nichts Böses erkennen.
Mein Schöpfer hat mir meinen Auftrag gegeben.«

»Darf ich dich einmal streicheln?«
fragte das Kind.
»Gern. Nur zu gern!«
Und Hedda streichelte den Maulwurf,
der sich an ihre Füße schmiegte.
Das Bild freute den kleinen König.
Er schlug mit den Flügeln Beifall
und wippte auf den kleinen Beinchen.
Aber die Eule mahnte zum Fortgang des Gesprächs.
»Wir haben nicht mehr viel Zeit.
Also, Maulwurf, erzähl uns deinen Traum.«
»Ich träume überhaupt nicht«, sagte der,
»ich will mit meiner Familie einfach nur leben.
Ich möchte meine kleine dunkle Freiheit,
in der ich mich wohl fühle.
Ich möchte nichts anderes sein als ein Maulwurf.
Versteht ihr das?«
»Das verstehen wir nur zu gut«, sagte die Eule sanft.
Sie hatte sich neben den Maulwurf
auf die Erde gesetzt.
»Eins will ich dir schon jetzt sagen:
Freiheit ist weder dunkel noch hell.
Freiheit ist Leben.«

DIE SCHILDKRÖTE

Die Schildkröte
tauchte auf dem Versammlungsplatz
der Tiere auf.
Langsam war sie,
aber sie hatte die letzten Beiträge mitgehört.

»Wie alt sie ist«,
fiepte das Meerschweinchen.
»Wie schrumpelig ihre Haut ist«,
hauchte das Reh.
»Ich beneide sie um ihren Panzer«,
quakte die Ente.
Und oben auf dem Panzer
schlief die Weinbergschnecke in ihrem Haus;
denn sie hatte die Schildkröte als Taxi benutzt.

»Willkommen, Schildkröte«,
rief der Zaunkönig.
»Viele Verwandte von mir
wurden über 600 Jahre alt«,
begann die alte Dame.
»Da werden manche Probleme von allein klein
und bekommen ein Format, wie sie es verdienen.«
»Wie meinst du das?«
wollte die Eule wissen.

»Unsere Erde hat Milliarden an Jahren
auf dem Buckel,
und uns Tiere gibt es
seit ein paar Hundert Millionen Jahren.
Menschen wie heute gibt es erst
seit etwa hunderttausend Jahren.
Die Schöpfung ist riesig,
gigantisch,
ohne Ende
und immer noch in Gang.
Allein die Milchstraße
umfasst Millionen von Sonnensystemen.
Dabei wirkt sie wie
ein Feldweg am Firmament.
Wie klein sind wir dagegen.
Und wie klein ist der Mensch.
Die Schöpfung kann
ohne den Menschen auskommen,
aber der Mensch nicht ohne die Schöpfung.
Ich habe viel über die Zeit nachgedacht,
denn ich hatte ja genügend davon.
Aber Zeit, meine Freunde,
ist nicht der Augenblick,
auch nicht die Stunde,
nicht die Minute;

denn das sind nur Zählwerke,
nicht mehr.
Zeit ist die Hülle des Lebens,
seine Geborgenheit und auch seine Grenze,
seine Erfüllung und sein Ende.
Das wollte ich euch sagen,
bevor ihr euch im Klagen
verliert und verzehrt.«

»Das ist großartig, Schildkröte«,
rief die Eule begeistert
und drehte ihren Kopf bis auf den Rücken,
so dass die Zaunkönigin staunte.
»Jetzt ist mir klar,
dass alle Zeit
das Kind der Zeitmutter ist,
und die Zeitmutter ist die Ewigkeit.«
Da schwiegen die Tiere,
und die Schnecke
fuhr ihre Fühler aus.

DAS FEST

Der Zaunkönig und die Zaunkönigin
waren tief beeindruckt
von der Weisheit der Schildkröte und der Eule.
Sie schlugen eine Pause bei den Gesprächen vor,
um stattdessen ein Fest des Lebens zu feiern.
Die Musik lag bei den Nachtigallen,
den Grillen und den Fröschen,
die einen Blues der Sümpfe und der Wipfel begannen,
eine wunderschöne Weltmusik,
dem Schöpfer gewidmet.

Das Kind wurde in die Mitte gebeten,
und Hedda nahm die Einladung gern an.
Sie begann zu tanzen,
trunken von den Worten,
eingehüllt in die Träume
und verliebt in die Zeit.
Die fünf Zaunprinzen machten einen artigen Diener,
und der Blues wurde zum Menuett.
Die Schildkröte schmunzelte,
der Rabe schüttelte den Kopf,
der Luchs bewegte sich im Rhythmus der Musik,
der Maulwurf torkelte blind durch den Kreis,
das Reh scharrte mit den Hufen,
der Adler segelte majestätisch über das Fest.

Esel und Biber amüsierten sich köstlich,
Storch und Fuchs tanzten leidenschaftlich,
und die Spinne saß im Netz
und traute ihren Augen nicht.
Die Majestäten hielt es nicht mehr auf ihrem Zweig.
Sie reihten sich ein in die Tanzenden.
Der Mond grinste gelb vom Himmel.
Es wurde ein wunderbares Fest;
Denn die Himmelschlüsselchen
läuteten aus aller Kraft,
während das Kind tanzte und tanzte und tanzte.

»Ich werde dem Schöpfer von diesem Fest berichten«,
rief die Eule,
»Ich werde ihm erzählen,
dass seine Kreaturen ihn verstanden haben.«

»Ich hab's immer gesagt«, krächzte der Rabe,
»sehet die Vögel unter dem Himmel
und die Lilien auf dem Felde.
So steht es in der Bergpredigt.«
»Wo steht das?« fragte die Schnecke gelangweilt.
»Das erkläre ich dir später«, polterte der Rabe.

DIE MAUS

Die Maus
hatte ihren Kopf vorsichtig
aus dem berühmten Mauseloch geschoben.
Sie traute dem Braten nicht,
als sie sah und hörte,
wie die Tiere feierten.
Alles kam ihr vor
wie eine riesige Falle mit viel Speck.
Ihre Kusine, die Waldmaus,
hatte da ganz andere Sorgen.
Das wusste sie.
Und der Kusine zweiten Grades,
der Spitzmaus, ging es ähnlich.
Mit der Wühlmaus hatte sie kaum Kontakt.
Die konnte sie nicht leiden.
Der kleine Zaunkönig hatte die Maus entdeckt.
»Komm her, meine Freundin«,
zwitscherte er ihr zu
und zwinkerte dabei mit einem Auge.
»Na, na,«
schmunzelte die kleine Königin an seiner Seite:
»Willst du wohl nicht so offen flirten!«
Hier machte die Musik eine Pause,
und die Tanzenden
erfrischten sich mit ein paar Tautropfen…

»Es gibt kaum noch richtige Keller«,
begann die Maus.
»Es gibt kaum noch richtige Dachböden.
Es gibt kaum noch richtige Kornfelder.
Es gibt kaum noch richtigen Speck.
Alles ist isoliert,
asphaltiert,
eingefroren,
verschweißt und:
voller Katzen.
Ich habe Angst.
Ich bin klein, hilflos,
arm, schwach,
ohne Hoffnung und allein.«

»Willst du mit mir tanzen?«
fragte der kleine König.
»Nur zu!« meinte die kleine Königin.
Da flog der kleine König zur Maus,
verbeugte sich und reichte ihr den rechten Flügel.
Die Maus nahm ihren kleinen Mut zusammen
und legte ihren Schwanz
in den gefächerten Flügel des Königs.

»Musik!« kommandierte der Rabe.

So tanzten die beiden Kleinen
einen langsamen Waldwalzer,
er, der kleine Große mit ihr der großen Kleinen.
Wo hatte es das auf der Welt je gegeben?!

»Das werde ich auch dem Schöpfer vortragen«,
kullerte die Eule mit zittriger Stimme,
denn sie war gerührt.

Mit Ehrfurcht vor dem Kleinen
fällt dir kein Zacken aus der Krone.

DER IGEL

Die Nacht war längst angebrochen.
Der Tag war zu Bett gegangen.
Doch das Fest der Tiere war nicht zu Ende.
Sie hatten den kleinen Zaunkönig zum König gewählt
und das musste nun tüchtig gefeiert werden.
Schon etliche Tiere
hatten der Eule ihre Träume anvertraut,
die diese dem Schöpfer vortragen wollte.
Jetzt in der nächtlichen Pause der Musik
trat der Igel vor.
»Sagt mir mal: Wie werdet ihr mit dem Tod fertig?«
Schlagartig erstarrte die Stille zu Wachs,
man hätte sie schneiden können, so hart war sie.
Der Igel hatte ausgesprochen, was alle belastete.
»Wie kommst du zu deiner Frage?«
wollte der kleine König wissen.
»Gibt es einen besonderen Grund?«
schloss sich die Eule der Frage an.
»Ja, den gibt es«, flüsterte der Igel fast schreiend.
»Mit Tod meine ich nicht den Abschied vom Leben,
den wir alle einst erwarten.
Mit Tod meine ich das ungerechte Sterben:
durch das Gift an den Bachböschungen,
durch die vielen Drähte und Schlingen
und vor allem durch die vielen Autos.

Die Straßen sind längst zum Igelfriedhof geworden.
Ich habe schon keine Tränen mehr.
Das geht vielen von euch ebenso.«

Da trat das Kind zum Igel.
Leise, aber für alle vernehmbar, sagte Hedda:
»Igel, das geht uns Menschen genauso.
Glaub mir, ich verstehe dich.
Ändern kann ich nichts.
Aber wir haben einen riesigen Garten
mit Bäumen und Büschen,
mit Teich und Graben,
mit Holzstapeln und Sandecken.
Glaub mir, es ist wunderbar dort.
Ich lade dich mit deiner Familie ein,
bei uns zu wohnen.
Da seid ihr sicher.«
Nach diesen Worten streichelte sie
dem Igel sanft das Stachelkleid.
Die Tiere waren ergriffen.

In ihrer Weisheit sagte die Eule:
Ein großer Philosoph schrieb einmal:
»Schaffe Möglichkeiten.«

DIE BLINDSCHLEICHE

Die kleine Zaunkönigin schrie plötzlich auf,
denn vor ihr schlängelte und züngelte eine Schlange.
Auch die anderen Tiere traten oder krochen zurück.
Ihnen war unheimlich, sehr unheimlich.
Dann aber bildeten sie einen Kreis
und bewegten sich Schritt für Schritt
auf die Schlange zu.

Sie begriff sehr spät, was da geschah,
und bekam Angst;
denn sie hatte nie gelernt,
sich zu wehren,
nie gelernt zu beißen,
nie gelernt zu kämpfen.
In ihrer Familie waren sie alle
zum Frieden erzogen,
denn sie war eine Blindschleiche,
wie die Menschen sie nannten.
Schon der Name ist hässlich und birgt Vorurteile.

»Was wollt ihr von mir?« zischte sie.

»Warum zischst du
und sprichst nicht irgendeine Sprache,
wie wir sie sprechen?« fragte die Maus.

Da mischte sich die Eule ein:
»Wir haben über Frieden gesprochen,
über Versöhnung und über Geschwisterlichkeit.
Und was tut ihr da?«
Mehrere meldeten sich zu Wort:
»Sie ist anders als wir.«
»Sie hat keine Beine«.
»Sie zischt.«
»Sie wohnt in der Erde.«
»Sie schlängelt sich.«
»Sie ist glatt und kalt«.
»Sie kann nicht laufen.«
»Sie kann nicht fliegen«.
»Sie ist fremd.«
»Aber sie ist doch ein Tier, wie wir es sind«,
widersprach die Eule.
»Außerdem ist sie keine Schlange,
sondern eine Eidechse,
denn sie ist eine Blindschleiche,
und ihre Beine hat sie hinter der Bauchhaut.«

»Ausländer, raus!« erklang es.
Aber die Blindschleiche fand Freunde.
Der Frieden hatte ein neues Gesicht.

DIE EICHE

Seit über dreihundert Jahren
stand die alte Eiche da auf dem Hügel.
Sie stand da mit ihren gewaltigen Wurzeln,
mit ihrer rissigen Rinde,
ihren harten Blättern,
ihrem behütenden Wipfel,
mit vielen trockenen dicken Ästen,
mit Löchern im Stamm,
mit Wunden und Narben,
mit Erfahrung und Übersicht.

»Ich habe lange geschwiegen,
aber jetzt will ich reden«,
begann die Alte.
»Ich habe Wanderern Schatten geboten,
ich habe kleine Tiere vor Sturm bewahrt,
Eichhörnchen,
dir habe ich reichlich Nahrung
für den Winter gespendet,
ihr Ameisen,
ihr konntet zwischen meinen Wurzeln
euer Nest bauen,
Specht,
du hast in meinen trockenen Ästen
deine Höhlen geschlagen,

Nachtigall,
du hast in meinen Zweigen gesungen,
Wildschwein,
du hast deinen fetten Hintern
an meiner Rinde gescheuert,
Igel,
du hast unter meinem Laubhaufen
die kalte Zeit überstanden,
Maulwurf,
du hast deine Gänge
durch mein Wurzelwerk getrieben,
Adler,
du hast sogar zweimal
in meiner Krone genistet,
Maus,
du hast dich stets zu mir flüchten können,
Käfer,
du hast bei mir gewohnt und fandest Nahrung,
Luchs,
du hast auf meinem dicksten Ast geschlafen,
Storch,
du hast vor dem Abflug nach Afrika
bei mir Station gemacht,
Eule,
du hast in meinem Gezweig dein Nest gebaut

und du, mein kleiner Zaunkönig,
hast in meinen Zweigen dein Schloss errichtet.
– Warum sage ich euch das?
Weil ich höre, dass ihr ungerecht denkt und seid.
Ihr könnt euch bewegen – ich kann es nicht,
ich werde bewegt, von Wind und Sturm,
aber ich kann mich nicht bewegen,
ich stehe immer auf demselben Platz.
Solltet ihr, die ihr beweglich seid,
nicht viel mehr darauf achten,
dass ihr euch gegenseitig
Schutz und Nahrung gewährt?«

Da klatschten als Allererste die Ameisen Beifall,
ausgerechnet die Ameisen.
Ausgerechnet die Kleinsten.

Dennoch: Undank ist der Welt Lohn.

DER KLEINE KÖNIG

»Ich habe nicht gedacht,
dass es so schwer ist,
König zu sein«,
sagte der kleine König.
»Ich habe immer nur an mein Nest gedacht
und an meine Familie.
Jetzt aber möchte ich euch eine kleine Rede halten.
Bitte, hört mir mit Geduld zu.
Dieses Kind da, das Hedda heißt,
ist ein Menschenkind.
Es hat uns gezeigt, was Liebe ist.
Versteht ihr: Was Liebe ist!!
Das Kind hat den Igel
und die Blindschleiche gestreichelt.
Das war für mich der Augenblick der Erkenntnis.
Wir alle sind Tiere,
jedes in seiner Art.
So hat es der Schöpfer gewollt.
Warum beneiden wir uns?
Warum bekämpfen wir uns?
Warum belauern wir uns?
Ich weiß es nicht.
Ich begreife es auch nicht.
Ich gehöre zu den Kleinen.
Aber ich wollte nie größer sein.

Ich bin eben, wie ich bin.
Ich kann es aber nicht ertragen,
wenn man mir das bestreitet.
Freunde, ich möchte euch Mut machen,
das zu sein, was ihr seid und auch wie ihr seid.
Es ist eure Bestimmung, es ist euer Sinn.
Es wäre fatal, wenn jeder erwarten würde,
die andern müssten ihm entsprechen.
Das würde zu einem Adlerismus führen,
zu einer Mausologie, zum Storchismus,
zur Luchsologie, zum Biberismus,
zur Esologie, zum Igeltum.
Versteht ihr: alle ismen und tümer sind vom Übel
und züchten nur Fanatiker.«
Der kleine König
verschluckte sich fast vor Begeisterung.
Aber die Tiere hatten verstanden.

Toleranz ist der Anfang des Friedens.

DER FISCH

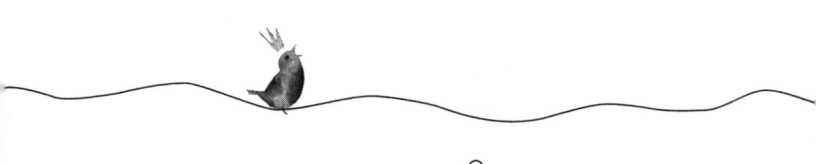

Die Fische im nahen Bach
ernannten den alten Wels zu ihrem Sprecher.
Der Zaunkönig war nur zu gern bereit,
diesen weisen alten Herrn zu hören.
Auch die Eule stimmte zu.
Die Tiere setzten oder legten sich
und der Wels begann:
»Ich habe gehört,
dass die Menschen von vier Elementen sprechen:
Feuer, Wasser, Luft und Erde.
Da ist was dran, sage ich euch.
Jeder von uns ist in einem dieser Elemente
besonders zu Hause.
Wenn es ihm fehlt, kann er nicht mehr leben.
Majestät, kleiner König:
wenn du sagst, du bist in deinem Element,
was meinst du damit?«
»Luft und Erde sind es wohl«, erwiderte der Kleine.
»So geht es allen von uns«, fuhr der Wels fort,
»wir alle brauchen wohl alle vier Elemente.
Würde eines fehlen,
würden wir sterben:
Wasser brauchen wir alle,
ich ganz besonders,
und Luft brauchen wir alle,

Licht mindestens genauso,
und die Erde ist unsere Mutter.«
Da tauchte der Wels ab,
weil er das Wasser brauchte.
Wenig später war er wieder da
und setzte seine Rede fort:
»Es gibt aber ein fünftes Element,
und das ist die Liebe.
Erst durch sie werden die vier Elemente sinnvoll.
Die Liebe macht das Leben erst hell und schön.
Deswegen ist die Liebe das oberste Element.
Wenn ich Liebe verschenke oder annehme,
bin ich in meinem Element.«
Die kleine Zaunkönigin
klatschte wieder begeistert Beifall,
und selbst die Blindschleiche
schlängelte sich wie im Bogentanz.
»Was also ist dein Traum, Wels?« fragte die Eule.
»Ich habe keinen Traum,
denn was ihr Traum nennt,
ist bei mir Wirklichkeit.
Die Liebe ist die einzige wirkliche Wirklichkeit.«

Da schien es,
als sänge die alte Eiche mit tausend Blättern.

DAS EICHHÖRNCHEN

Der kleine König gebot mit seinen Flügeln
majestätisch Ruhe.
Die Tiere begriffen: Jetzt kommt etwas Besonderes.
»Da wir ein Fest feiern«, begann der Zaunkönig,
»habe ich mir etwas Besonderes ausgedacht.
Seht mal zur alten Eiche hin.
Da wartet eine Akrobatengruppe auf ihren Auftritt.«
Tatsächlich saß die ganze Eichhörnchenfamilie
unten am rissigen Stamm.
Der dicke Frosch quakte ein Trompetensignal,
und sofort erklommen die flinken Kletterer
den Stamm bis hinauf ins Geäst.

Nun aber begann ein atemberaubendes Spiel
aus Kunst und Kraft,
Geschwindigkeit und Einfallsreichtum.
Die Eichhörnchen sprangen in weiten Flugsätzen
von Ast zu Ast,
schienen abzustürzen,
fingen sich jedoch sofort am nächsten Zweig,
flogen scheinbar schwerelos
durch den Blätterschirm des alten Baumes,
benutzten ihre buschigen Schwänze
als Segel und Ruder,
stießen spitze Rufe der Freude aus,

warfen sich Eicheln zu,
die sie im Fall wieder auffingen
und setzten sich endlich übereinander
zu einer lebendigen Pyramide,
drehten sich zur Seite,
ließen sich fallen und landeten wohlbehalten
auf dem weichen Moos wie auf einer Sprungmatte.

»Ich glaube, keiner von uns kann das«,
spendete der kleine König sein Lob,
»aber was wir gesehen haben,
ist eine Mischung aus Risiko und Vertrauen.«
Die Tiere applaudierten,
und die Eichhörnchen verneigten sich artig,
wie es eben Artisten tun.

Dann wurde es im großen Rund wieder ganz still.
Die Eule sprach in die Stille:
»Jeder von uns hat besondere Möglichkeiten.
Ich erinnere mich an ein wunderbares Lied:
Gott, weil er groß ist,
gibt am liebsten große Gaben;
ach, dass wir Armen
nur so kleine Herzen haben.«

DER LOCHSTEIN

»Was hast du da an der Kette um den Hals?«
fragte der kleine König das Kind.
»Das ist ein Lochstein,
den mir meine Oma mitgebracht hat.
Am großen Meer hat sie ihn gefunden.
Viele hat sie gefunden.
Sie hat daraus Ketten gemacht,
die jetzt im Garten hängen.«
»Und wie kommt das Loch in den Stein?«
fragte die Königin,
denn sie trüge wohl selber gern
solch einen Stein.
»Hier, ich halte dir
den kleinen Stein an dein Ohr.
Er wird dir seine Geschichte erzählen.«
Und tatsächlich begann der Stein zu reden.
»Vor wohl zweihundert Millionen Jahren
hat der Schöpfer mich geschaffen.
Damals lebten noch die Dinosaurier.
In meiner Mitte aber lag ein Klumpen Kalk.
Durch ein großes Wasser wurde ich ins Meer gerollt.
Über all die langen Jahre warfen mich die Wogen
herum, hin und her,
und nagten und wuschen am Kalk,
bis er hinaus gespült war.

Viele von uns liegen deshalb am Meer.
Die Menschen sagen,
dass ich denen Glück bringe,
die mich finden.«
»Das ist eine großartige Geschichte«,
piepte die kleine Königin.
»Ich schenke dir den Stein«,
flüsterte Hedda.
Da kullerten der kleinen Königin
ein paar dicke Tränen
über das fedrige Gesicht, vor Glück,
und sie gab dem Kind
einen zarten Kuss mit dem Schnabel.
»Siehst du«, sagte das Kind,
»er bringt Glück.«

»Steine sind die Tresore der Vergangenheit«,
meinte die Eule.
»Sie erzählen aus der
unendlich langen Geschichte der Schöpfung.
Seht ihr:
da am Rand des Waldes
liegt unser alter großer Findling.
Er ist aus Granit.
Wir nennen ihn von heute an »Glücksstein«.

Als sich die Tiere dem Riesen näherten,
entstand wie durch Zauber
in seiner Mitte ein tiefes Loch.
Sie sahen hinein und erblickten
die bunte Welt der Ursprünge.
Dann schloss sich das Loch wieder.

»Und wovon träumst du, kleiner Lochstein?«
fragte die Eule.
»Ich träume vom Glück«, antwortete der Kleine.
Aber allen schien es,
als hätte der Riese gesprochen.

DER MARIENKÄFER

Das Fest und die Gespräche
waren noch lange nicht vorüber.
Die Tiere wurden nicht müde
und auch der kleine König war hellwach.
Sie alle erlebten wirklich eine große Sache:
Die Sammlung der guten Träume.
Da trat der Marienkäfer vor:
»Majestät«, begann er zum Zaunkönig,
»Majestät, ich bin auch sehr klein, wie ihr seht.
Aber ich trage einen großen Namen,
den Namen der Mutter vom Heiland der Welt.
Liegt es an meiner Kleinheit,
an meinen Farben,
an meiner Unscheinbarkeit
oder an meinem Sinn für gutes Leben? –
Ich weiß es nicht.
Aber ich freue mich über diesen Namen
und will ihm alle Ehre machen.«

»Sag, Marienkäfer, was ist dein Traum?«
fragte die Eule etwas ungeduldig.
»Ich habe keinen Traum,
ich habe einen Gesang.
Dieser Gesang entstand,
als Maria schwanger war.

In diesem Gesang gestand sie,
dass sie nur eine kleine Frau war,
aber dass sie den Schöpfer
in seiner Größe besingen wolle.
Mitten im Lied heißt es:
»Er stößt die Gewaltigen vom Stuhle.«
Das ist es doch, meine Freunde, das ist es:
Gott verhilft den Kleinen zur Größe,
den Stummen zur Sprache,
den Schwachen zur Kraft,
den Verzweifelten zur Hoffnung.
Deswegen trage ich ihren Namen so gern.
Ich spüre die Wahrheit ihrer Worte,
und ihr alle macht mir Mut.
Ihr könnt mich auch ›Sünnkücken‹ nennen.
Den Namen habe ich auch.«
»Das trage ich gern dem Schöpfer vor«,
bekräftigte die Eule.
»Denn in der Kleinheit liegt die Größe.«

DIE SCHNECKE

»Ich bin langsam, sehr langsam«,
schleimte die Schnecke.
»Ich weiß das.
Ich passe auch nicht in die moderne Zeit,
wo alles schnell und hektisch geworden ist.«
Der kleine König sagte:
»Langsam zu sein, ist keine Schande.
Wer langsam ist, weil er nur langsam sein kann,
erfüllt seinen Auftrag.
Wer langsam ist, obwohl er schnell sein könnte,
lebt an seinem Auftrag vorbei.«
»Ich trage mein Haus immer bei mir«,
ergänzte die Schnecke,
»es ist lästig, aber auch hilfreich.
Bei Gefahr kann ich mich zurückziehen;
sonst aber ziehe ich meine Straße
bedächtig und in Geduld.«
Da mischte sich die Eule ein:
»Wer hat schon das Privileg,
sein Haus mit sich zu führen?
Wer hat schon das Privileg,
auch langsam ans Ziel zu kommen?
Wer hat schon das Privileg,
Bäume zu besteigen,
ohne herunter zu fallen?

Wer hat schon das Privileg,
bewundert und gleichzeitig bedauert zu werden?«

»Aber da sind meine Fühler.
Sie spüren jede Gefahr.
Sie spüren jeden Angriff,
jede Gemeinheit.«

»Das ist gut, Schnecke«, meinte die Eule,
»du bist bevorzugt, weil du so sensibel bist.
Wer hat schon solche Fühler?
Aber was ist dein Traum?«

»Ich träume davon«, antwortete die Schnecke,
»dass die Langsamen und Behinderten
nicht verachtet, sondern gewürdigt werden,
denn oft genug nehmen wir vom Leben mehr wahr
als die Schnellen und Smarten.«

»Auch deinen Traum
werde ich dem Schöpfer vortragen«,
versprach die Eule und fügte hinzu:
Jeder Weg hat sein Ziel.

DER REIHER

Jetzt schritt der Reiher in die Mitte,
elegant und galant wie immer.
Viele Tiere hielten ihn deswegen
für hochmütig und arrogant.
Er machte nie ein Spiel mit.
Man hatte ihn noch nie singen hören.
Aber er konnte tanzen,
beinahe wie der Kranich.
Man munkelt,
er spräche viele Sprachen:
Französisch zum Beispiel;
denn manchmal sagte er:
Bonjour.
Auch Englisch;
denn manchmal sagte er:
How nice!
Auch wohl Russisch;
denn manchmal sagte er:
Spasiwa, karoscho.
Auch wohl Kisuaheli;
denn manchmal sagte er:
Mungu kibariki Safari yetu.
Griechisch konnte er auch;
denn manchmal sagte er:
Kalimera.

Lateinisch auch;
denn manchmal sagte er,
es müsse alles lege artis geschehen.
Die Tiere konnten ihn dann nicht verstehen,
aber was man nicht versteht,
führt zu Angst oder Bewunderung.
Es schien, als genösse der Reiher,
bewundert zu werden.
»Reiher«, fragte die Eule, »was ist dein Traum?«
»Ich träume davon«,
kam es aus seinem langen Schnabel,
»dass ich nicht mehr so einsam bin.«
Hierbei verschluckte er sich fast,
denn noch nie hatte er
über seine Gefühle gesprochen.
»Mein Nest liegt sehr hoch,
meine Flüge führen mich hoch über das Land,
ich habe eine sehr gute Ausbildung genossen,
ich habe viel Geduld,
ich nehme mir Zeit zum Nachdenken,
aber ich habe keinen wirklichen Freund.«
»Dann versuch es«,
begeisterte sich der kleine König,
»ich übertrage dir die Bildung in meinem Reich,
du wirst Kulturminister.

Doch bedenke:
Wer viel weiß,
muss auch viel verschenken;
wer viel hat,
muss auch viel teilen;
wer viel fühlt,
muss auch viel verschwenden;
wer viel Größe hat,
muss das Kleine lieben;
wer viel Übersicht hat,
muss mit den Füßen auf der Erde bleiben.«
»Genug, genug!« rief der Reiher,
»das alles kann ich doch gar nicht.«
»Siehst du«, warf die Eule ein:
»Das ist der Anfang,
um Freunde zu gewinnen.«

HIMMLISCHER ZAUBER

Diese Nacht werden die Tiere
so schnell nicht vergessen.
Das Firmament spannte sich
sternenklar über das Land.
Es war beinahe eine feierliche Stimmung.
Der Himmel wirkte unendlich weit-nah
und gleichzeitig tief-hoch
und dann wieder breit-schmal
und immer wieder dunkel-hell
mit runden Ecken und glänzenden Schatten
und mit einem fahlen-feurigen Mond.
Der Rabe zitierte:
»Herr, unser Herrscher,
wie herrlich ist dein Name in allen Landen;
du, den man lobt im Himmel.
Wenn ich sehe die Himmel, deiner Finger Werk,
den Mond und die Sterne...«
Bei diesen Worten
wandten alle Tiere ihre Augen nach oben
und über dem schweigenden Staunen
wurden sie sich ihrer Kleinheit bewusst.
Doch dann regnete es Licht,
leuchtende Tropfen mit blitzenden Schwänzen
rasten durch das Himmelszelt,
ungezählte Lichtjahre entfernt,

fast wie in einem wilden Tanz voller Musik,
wie Wunderkerzen aus einer anderen Welt,
wie Strahlenbündel aus dem Köcher des Schöpfers.
Einen Atemzug später verloschen sie,
als seien sie nie gewesen.
Doch das Firmament spie
neue kleine und große Raketen
mit bunten Schirmen wie geblasenes Glas.
Sternschnuppen – Wunder von Kraft und Vergehen,
seit alters aber auch Brücken der Erfüllung.
»Wenn du eine Sternschnuppe siehst«,
flüsterte der kleine König,
»dann hast du einen Wunsch frei,
und dein Traum erfüllt sich.«
Da war plötzlich der Wald
voller Wünsche und Träume,
denn die Tiere trugen ihre Sehnsucht
in die Tiefe des Alls,
manche unter Tränen der Hoffnung.

»Wie bei uns«,
dachte das Kind
und lächelte glücklich.
Die Eule aber schloss in Andacht die Augen.

DER TRAUM DER ERDE

Der kleine Vogel,
den sie zum König gewählt hatten,
hielt nun eine kleine Ansprache:
»Freunde,
bevor wir weiter nach unseren Träumen fragen
und vielleicht eine Koalition der Gutwilligen bilden,
sollten wir unsere gemeinsame Mutter fragen,
die Erde.
Sie trägt und ernährt auf der ganzen Welt
unsere Geschwister:
die Känguruhs, die Löwen und Geparde,
die Elefanten und Schmetterlinge,
die Termiten und Anakondas,
die Eisbären und Schneehühner,
die Robben und Buckelwale,
die Pinguine und Tölpel,
den Eisvogel und den Grizzly,
den Puma und den Panda,
die Seekuh und das Nilpferd
und all die ungezählten
kleinen und großen Lebewesen
und – die Menschen.
Ich bitte euch: Seid jetzt ganz still
und legt euer Ohr auf den Boden.
Ihr werdet die Stimme der Erde hören.«

»Meine lieben Kinder!«
Es klang wie ein Stöhnen mit leiser Stimme.
»Meine lieben Kinder,
ich danke euch,
dass ihr mich hören wollt.
Ich berge Schätze und Kräfte,
Juwelen und Quellen,
Feuer und Wasser,
Tiefen und Höhen,
Meere und Gebirge,
Wüsten und Äcker,
Flüsse und Seen,
Bäume und Pilze,
Vulkane und Eis,
Wärme und Kälte,
Gletscher und Lava,
Kohle und Erze,
Öl und Gas,
Sand und Krume:
ich biete euch den Tisch des Lebens
seit Milliarden und Millionen von Jahren.
Dabei bin ich nur
ein kleiner blauer Stern im Universum.
Aber – ich berge das Leben,
auch euer Leben.

Ich habe viel Blut trinken müssen,
schreckliches, ungerechtes Blut.
Ich habe durchlitten,
wie man mich quält, betoniert,
drangsaliert, torpediert,
kontaminiert, exekutiert,
ruiniert, terrorisiert,
kommerzialisiert und degradiert.
Ich bin so froh,
dass ihr euch zusammen tut
mit euren Träumen,
die mir helfen,
meine Wunden zu ertragen.
Ich bin doch für euch geschaffen!
Hört ihr: Für euch!«
»Habt ihr verstanden?« fragte der kleine König.
Ja, sie hatten verstanden.
»Aber vergesst mir die Menschen nicht.
Sie gehören zu uns.«
Nun wurde es still.
Die Tiere schliefen.
Es wurde eine gute Nacht.

DIE EULE

Über Stunden hinweg hatte die Eule
voller Güte und Geduld den Tieren zugehört.
Viele hatten gesprochen,
andere hatten getanzt und gesungen,
und alle trugen dazu bei,
dass das Fest ein Erfolg wurde.
Das Außergewöhnliche fand im Normalen statt.

Beeindruckend waren für sie zwei Beiträge:
von Eiche und Erde.
Beide hatten vom
Spenden und Verschenken gesprochen,
beide erinnerten
an Geschichte und Verantwortung,
beide gewährten anderen
das Leben und seine Möglichkeiten.

Nun war früher Morgen.
Jeder richtete sein Feder- oder Haarkleid,
so gut es ging,
und die meisten tranken
einen Schluck frisches Wasser.
Zum Frühstück gab es für alle
Blätter, Knospen, Beeren und Nüsse.
Den Fleischfressern fiel das sehr schwer.

Mit leisem Flügelschlag
schwang sich die Eule bis zum Glücksstein,
wie sie den großen Findling nannten,
und die Tiere versammelten sich im Kreis.
»Meine Freunde«,
begann die Eule in die Stille hinein,
»wir haben erkannt, dass wir alle verletzlich
und verwundbar sind, auch in unserer Eitelkeit.
– Meine Familie stammt aus Athen,
wenn die Überlieferung stimmt.
Da gibt es in der alten Geschichte
eine besondere Erzählung:
Als die Königin Thetis
ihren Sohn Achilles geboren hatte,
wollte sie ihn aus Sorge um sein Leben
unverwundbar machen.
Sie nahm das Kind
und badete es im Fluss Styx,
in der Unterwelt.
Das Wasser umgab ihn
mit einer undurchdringlichen Schicht.
Nur an der Fersensehne gelang das nicht.
Genau das wurde ihm später zum Verhängnis. –
Jeder von uns hat seine Achillessehne,
seine Verwundbarkeit, seine Schwäche.

Ich träume davon,
dass wir zu unseren Schwächen stehen.
Denn dann können wir uns gegenseitig
mit unsere Stärken beschützen.«

»Das ist großartig«, rief der kleine König
und seine Zaunkönigin fügte hinzu:
»Ja, auch die Kleinen haben Größe,
auch die Schwachen haben Stärke.
Denkt daran:
Der Tropfen sprach:
jetzt komme ich,
sprang und brachte das Fass
zum Überlaufen.«

DER HASE

Ganz gegen seine Gewohnheit
hatte der Hase nicht geduckt gelegen,
sondern saß mit aufgestellten Löffeln
voller Aufmerksamkeit
zwischen der Kröte und dem Marder.
Das wäre früher undenkbar gewesen.
»Ihr könnt euch denken,
wie mich alle eure Worte
und das Erlebnis dieser Nacht bewegen«,
begann er zaghaft.
»Ich gelte als Angsthase,
wie ihr wisst,
und ich schäme mich nicht, zuzugeben,
dass ich es auch bin.
Ich habe keinen festen Bau wie Dachs oder Hamster;
ich habe nur eine armselige flache Sasse
und bin in ständiger Sorge um meine Kinder.
Neulich hörte ich,
wie ein Mensch hinter mir herrief:
Da läuft der Hartz4-Empfänger.
Ich weiß bis heute nicht, was er meinte.
Ich weiß auch nicht, wie man Vorräte anlegt.
In harten Wintern ringe ich um mein Leben.
Ich weiß auch nicht, wie man sich verteidigt
Ich kann immer nur fliehen. Es ist schrecklich.«

Da stand das Kind auf:

»In der Schule habe ich gelernt, dass du, Hase,
eine ganze besondere Bedeutung hast.

Du bist bei uns Menschen das Symbol für Gott,
für den Schöpfer:

wegen deiner Klugheit,

wegen deiner Fruchtbarkeit,

wegen deiner Schnelligkeit und

wegen deiner Kleinheit.«

»Stimmt das wirklich?«

fragte der Hase überrascht.

»Ja, das stimmt!« bekräftigte Hedda ihre Rede.

»In einem großen Dom gibt es sogar
ein Drei-Hasen-Fenster
als Symbol für Vater, Sohn und Geist.«

Da schlug der Hase einen Purzelbaum vor Freude
und schüttelte alle Angst und allen Kleinmut ab.

»Dann will ich mir Mühe geben,
meinem Schöpfer Ehre zu machen.

Er soll an mir seine Freude haben,
an mir, dem kleinen Hasen.«

»Was aber ist dein Traum, Hase?«

fragte die Eule unerbittlich.

»Ich träume davon, dass Gott, der gute Schöpfer,
seine Hand väterlich über uns Kleinen hält.

Ich wünsche mir,
dass diese Hand zu meiner Sasse wird.
Mehr will ich gar nicht erträumen.«
»So will ich es dem Schöpfer vortragen«,
schnarrte die Eule,
und fügte hinzu:
»Wir alle könnten zum Symbol
für den Schöpfer werden.«

DER TRAUM
DES PROPHETEN

»Wir haben unsere Träume gesammelt«,
begann der Rabe im schwarzen Talar.
»Das war stellvertretend
für die ungezählten Tiere
der Erde und der Meere.
Die Eule wird sie vor den Schöpfer bringen.
Ich will euch jetzt nur noch
an einen berühmten Traum erinnern,
an eine Vision.
Der große Prophet schrieb:
›Es wird einer kommen,
der Gerechtigkeit bringt.
Da werden Wölfe bei den Lämmern wohnen,
und die Panther bei den Böcken lagern.
Ein kleiner Knabe wird Kälber und junge Löwen
und Mastvieh miteinander treiben.
Kühe und Bären werden zusammen weiden,
dass ihre Jungen beieinander liegen,
und Löwen werden Stroh fressen wie die Rinder.
Und ein Säugling wird spielen am Loch der Otter,
und ein entwöhntes Kind wird seine Hand stecken
in die Höhle der Natter.‹
Dieser Traum ist fast dreitausend Jahre alt
und wurde aufgeschrieben für die ganze Welt
und alles, was lebt.«

»Aber wann wird das alles geschehen?«
höhnte der Eichelhäher.
»Das haben wir schon gehört,
als wir über den kleinen König
in der Krippe zu Bethlehem sprachen.
Da wurde der Traum erfüllt,
und er wird Wirklichkeit zu seiner Zeit.«

»Eule«, rief der Zaunkönig,
»nimm auch diesen alten Traum
mit zum Schöpfer,
damit er ihn
mit unseren Träumen
vergleichen kann.«

DIE SUCHE

Trotz all ihrer Weisheit
wusste die Eule nicht so recht,
wie man Gott suchen sollte,
und mehr noch:
wo man ihn finden würde.
Suchen kann man eigentlich nur
Verlorenes oder Verstecktes.
Aber wenn sie Gott verloren hatte,
dann müsste sie ihn ja eigentlich
einmal besessen haben.
Und wenn er sich versteckt hielt,
müsste sie sich eigentlich an ihn erinnern.

Die Eule grübelte.
Was nützten ihr da
die alten Beziehungen nach Athen?!
Sie überlegte:
Der Schöpfer konnte keinen festen Platz haben
wie einstmals die griechischen Götter
auf dem Olymp.
Er konnte auch nicht an eine bestimmte Zeit
oder einen bestimmten Raum gebunden sein:
nicht an eine Kirche,
nicht an ein Wort,
nicht an einen Wald,

nicht an eine Minute oder einen Tag,
also nicht an Zeit und Raum.
Gott steckt gewiss auch nicht
im schwarzen Talar des Raben
und auch nicht in der Stärke des Stieres,
nicht im Wasser und nicht im Wind,
nein, in den Elementen
hielt er sich nicht versteckt.
Er hockte auch nicht wie ein Troll
hinter einem bemoosten Stein.

Der Schöpfer ist mehr als alles;
denn alles, alles stammt von ihm.
Die Eule war sehr froh über diese erste Erkenntnis.
Das musste sie später mit dem Reiher besprechen,
der für die Bildung sorgen sollte.
Aber sie wollte ja die Träume der Tiere
und den Traum des alten Propheten
dem Schöpfer vortragen!!
Sollte sie einfach ins Leere hinein sprechen?

Wie aber, wenn die Leere nicht leer ist,
sondern Fülle?
Wenn das Wort nicht Hall ist,
sondern Antwort?

Wie, wenn Gott so etwas wie Klima wäre?
Ein Klima, das mich umgibt,
und in dem ich mich befinde?
Wie wenn Gott gar nicht gesucht werden will
und schon gar nicht gefunden?

Diese Gedanken kamen ihr ketzerisch vor.
Plötzlich aber schoss es ihr in die Seele
und ins Bewusstsein:
Ich soll Gott überhaupt nicht suchen;
ich soll mich von ihm finden lassen.
Ich muss aufhören,
mich vor ihm zu verstecken,
ich muss mich entdecken lassen.
Denn ich habe mich verloren.
Gott sucht mich und will mich finden.
Da trat der Engel an ihre Seite:
»Ich bin ja bei dir.
Jetzt spürst du mich.
Du brauchst mir die Träume nicht vorzutragen;
denn ich kenne sie alle;
schließlich habe ich sie in euer Herz gegeben.«

DER KLEINE KÖNIG

Als die Eule zurückkam,
traf sie nur noch den kleinen König
mit seiner Familie an.
»Eule«, sagte die kleine Majestät,
»du musst verstehen,
dass die Tiere keine Geduld mehr hatten;
denn du warst über ein Jahr lang fort.«

»Über ein Jahr?
Doch was ist schon die Zeit
gegenüber den Erkenntnissen?!«
Und sie erzählte dem kleinen König alles,
was sich zugetragen hatte
zwischen Gott und ihr.

Die kleine Majestät war hocherfreut.
»Aber wer soll es den andern Tieren sagen?«
fragte der Zaunkönig.
»Ich«, meldete sich die Schnecke;
denn sie war als Einzige geblieben.
»Ich will dein Eilbote sein!«
»Eil-Bote?«
Der kleine König lächelte gütig.
»Ausgerechnet du, Schnecke?«
»Ja, ich!

Denn ich komme ganz sicher ans Ziel,
selbst wenn es Zeit braucht.
Und wenn auch:
Wir haben hunderttausend Jahre gewartet.
Da kommt es auf ein paar Jahre nicht an.
Und ich habe ja mein Haus.«
Da mussten sie lachen.
Aber es begann eine wundersame heimliche Zeit;
denn was die Schnecke
vom Suchen und Sich-Findenlassen,
vom Verstecken und Sich-Entdeckenlassen
weiter erzählte,
wurde von einem zum andern schnell berichtet.
Jetzt erhob sich der kleine Vogel
vor Eule und Schnecke und sagte:
»Ich bin euer kleiner König.
Unser Reich ist groß.
Heute wird es neu gegründet
aus Ehrfurcht vor dem Leben.
Jeder ist willkommen,
der dem Leben dienen will
und damit dem Schöpfer.
Und –
zu unserer nächsten Versammlung
laden wir die Menschen ein!«

»Ich bin ja schon hier«,
sagte Hedda, das Kind.
»Wo bist du schon?«
fragte die Mutter,
»es ist Zeit, aufzustehen.«
»Ich habe geträumt,
ja, ich habe wohl geträumt, dass...«
Weiter kam sie nicht,
denn am Fenster saß der kleine König.
Sie winkte ihm zu.
Er lächelte.

PERSÖNLICHE WORTE

Ich bin inzwischen 74 Jahre alt. Ich bin Christ und bin es gern und auch mit der gehörigen Leidenschaft. Ich lebe in Nordfriesland, dicht an Dänemark zwischen Nord- und Ostsee, in einem Landstrich voller Lieder und Geschichten, unter dem Noldehimmel und zusammen mit Menschen, die wissen, was es heißt, den Naturgewalten stand zu halten und gleichzeitig die Poesie der Schöpfung, der Gerüche und Töne, der spielenden Wolken, der Stürme und Nebel und der tiefen Verankerung in Tradition und Religion zu erleben.

Aber in unserer bedrohten Welt muss es Stimmen des Widerstands geben gegen die Verräter und Verächter des Lebens, gegen die Zukunftstöter und Schreibtischtäter.

Diesem Ziel widmet sich dieses Buch vom Konzil der Tiere: Kleine sprechen große Worte, Kleine wagen große Schritte, Kleine schmieden große Pläne, Kleine träumen große Träume.

Ich danke Barbara Trapp für die großartige Gestaltung des kleinen Königs. Und ich danke Angelika Büchelin für die liebevolle Betreuung des Buches.

Peter Spangenberg